고강 **김준환** 시선 하권

징검다리 건너

접시꽃 피는 마을

신세림출판사

고강 **김준환** 시선 「징검다리 건너」 하권

접시꽃 피는 마을

묵마인默磨人

비인마묵 묵마인非人磨默 默磨人이라,
소동파가 한 말이지요.

먹을 가는 느낌이나
먹의 향기가
얼마나 좋았으면

내가 먹을 가는 게 아니라
먹이 나를 갈았다 라는
뜻이지요.

가끔
혼자 떠올려 보는
글귀이지요.

羣軒에서

차례

둘째 돌

셋째 돌

넷째 돌

다섯째 돌

여섯째 돌

첫째 돌

그날이 오면

으름 덩굴에
연자줏빛 꽃등 내다 걸린 화폭畵幅에
오월의 밑그림 다 그려지면
그땐 나를 찾아 떠나리라

때늦은 절필로
나를 풀어놓은 세상
아무 일 없었다는 듯
고스란히 제자리에 두고

보름달 스믈스믈
허물 벗는 여울도
조심스레 건너

느릅나무 꽃잎 풀풀 날리던
유년의 뜰 지나
낮익은 글방 도령의 방문
사알짝 열고 들어서

밤 깊은 줄 모르고
책장 넘길 적마다
하늘하늘 춤추는 촛불 속으로

나, 한 마리
불나비처럼 뛰어들어
흔적도 없이 사라지는 거다
그날이 오면

풍경 風磬

방금 연못 속에서
비늘을 번뜩이며
처마 끝으로 솟구쳐 오르는
금붕어 한 마리
땡그렁!

공중에서 털리는
저 금빛 비늘
눈부시게 쏟아져 내릴 때

나는
함지박만한 귀를 연 채
파륜波輪은 꼬리를 물고
수면을 미끄러져 갑니다

잠시
심연深淵에서 흔들리던
맑은 풍탁風鐸의 떨림
잔잔해졌을 때쯤

5월의 푸르른 하늘로
꽃잎 풀풀 떠가고

벚나무 아래로
분홍빛 양산을 쓴 여인이
연못 속을 걸어 나오면

나는
한 차례 또 뛰어오른 금붕어를
마음 졸이며

석계石階에 주저앉아
진종일 기다리고 있습니다.

접시꽃

떠날 사람
다 떠나가 버리고
애꿎은 늙은이들만
청승맞게 지키는 마을엔

진종일
느릅나무 다 썩은 속
마구 후벼 파던 매매울음
그렁그렁하구요

찾아들 이 없어도
사립문 활짝 열어놓고
맷돌 한 짝 지질러 두고 사는
아랫집 혜숙네가
오늘은 쑥버무리 쪘다고

지관 우씨네 한 접시
조씨네도 한 접시
표씨네도 한 접시
내 집도 한 접시

다 먹은 빈 접시

그냥 돌려보내기가 민망해
마른 미역 한 쪽
얹어 보내드렸지요

화신花信

입춘은
아직
이른 봄이라지만

나는
날마다
산을 올라

남녘
먼 산맥
줄이어 달려 온
고압전선주 아래

가만히
엎드려

이 땅에
첫 꽃소식
전해 듣길
간절히 바라노라

벼루

너는
언제 자정을 지나
예까지 왔다 했나

청산靑山도
그리 지겨워

서둘러 쩡쩡
새벽을 깨워 하산한
저 무명無明의 돌은

몇 겁劫의 업業을
무릎 꿇어 깨달은
반가부좌半跏趺坐인가.

삼매경

– 귀뚜라미를 위한 조곡組曲

간밤
백아伯牙와
종자기鍾子期가

뒤뜰
툇마루
걸터앉아

도란도란
나누던 담론을

나도
밤새
귀동냥하고 있었습니다.

*백아는 중국 춘추시대 사람으로 거문고를 잘 타고, 종자기는 이를 듣기를 좋아했는데, 종자기가
죽은 후엔 백아가 절망을 해 거문고의 줄을 끊고 다시는 거문고를 타지 않았다 함.

눈사람

이런 날, 온 세상
순백의 잠언으로 소록소록 쌓일 땐
내 생각 이러하나니

논두렁 밭고랑
한결같고

골목길도 행길도
한길로 이어져

높고 낮은 집, 마냥
어깨 가지런한 세상
그 한가운데서

너나 내 생각쯤
제멋대로 때굴때굴 굴려 봐도
늘 하나같이 하얀
그런 세상을

우리 모두
호주머니 속 뒤집어 볼
손모가지 하나 없는 너처럼
백치白痴로 살아봤으면…

나의 독도는

비바람 몰아쳐
파도라도 높아지면
영 잠겨 버릴까봐

한 마리 등 푸른 거북이 되어
동해 용궁 깊숙이
숨어 버릴까봐

늘
내 시선의 칼날 위에
까만 붙박이 살점이 되어
끝없이 뜨잠김 하는 너는

안압지 푸른 심연에
총총히 쏟아져 내린 별들을
동이째 퍼 마시다가

신라 적 석달해왕
잠 결에 몰래 누었다가
역모를 꿈꾸다가

감은사感恩寺

불당 마루 밑에 숨어 살다

석가래 만한 꽃뱀에게
뒤꿈치 물려 부랑浮浪하다가

밤마다
첨성대 정수리에 올라앉아
천기를 누설하다가

이차돈의 목을 베던
회자수劊子手의 시퍼런 칼날 위에 올라
덩실덩실 춤을 추다가

핏빛 천수千手를 흔들며 일어나
장엄한 아침 해를 끌어안은
견고한 가슴팍이다가

천만년 비바람에
파도가 몰아쳐 깎아 다듬는
저 반골叛骨의 기개氣槪여
내 자존自尊의 석등잔石燈盞이여
미려혈尾閭穴의 수호신이여!

* 尾閭穴 : 전설에 의하면 동해 한 가운데 바닷물을 빨아들이는 구멍이 있다 함.
  (우주의 불핵홀과 같다.)

돋보기안경

내 어릴 적
할아버지가 끼고 보시던
돋보기안경 속 세상이
하도 궁금해

어느 날
몰래 훔쳐 써 보곤
혼비백산했던 돋보기안경 속
그 어지럽던 세상

이젠 아버지 어머니
형님들조차 모두 세상 하직하고
나도 꽤나 세상 멀미
제법 하고도 살았지만

나이 들수록
조금씩 멀어져 가는 세상
그런대로 가까이 잡아주던
고마운 돋보기안경인데

이즈음 세상 돌아간 꼴
어릴 적 보던 돋보기안경 너머

그 어지럽던 세상보다
더 어지러운 것을 어찌하랴

시편詩篇 23편을 위하여

- 上仙岩에서

해종일
상선암上仙岩 맑은 물가
그늘에 앉아 쉬었더니

귓바퀴에
송골송골 맺혔던
물방울들

밤새
베개 속에 도랑을 내고
졸졸 흘러 외우더이다.

보름달

휘파람새 한 여름 내
뉘 넋을 불러내다 떠난
애끓는 자리인데

오늘밤
무엇이 그리 궁금도 하여
텅 빈 뒷산을 저리
샅샅이 뒤지고 있나

무엇을 잃고 챙겨
떠나는 이승 아닌 줄
저도 뻔히 알면서

가랑잎에
발목 빠지는 왼 산을
사방등四方燈 높이 들고
다 새벽까지
무얼 찾고 있었나

종이학

애들아
참, 희한도 하지

잠 못 이루는 밤마다
남몰래 고이 접어놓은
새하얀 내연內緣의 꿈도

어느 날
옥순봉 깎아 세운
옷자락 시퍼런 바람을 만나면
한 마리 날개 푸른
천상의 새로 환생한단다

애들아
저 깃털 하나하나 가득히
입김으로 불어넣은
네 뜨거운 소망은

천 마리 주박呪縛 풀린 새가 되어
오색한삼 받쳐 입고
눈 시린 청잣빛 하늘
높이높이 날아올라

일월日月이 안으로만 자라는
꿈속을 찾아들어
이산 저 골짜기
꺼이꺼이 울고 불며

희디흰 천념千念의 날개
눈부시게 퍼득이며
승천을 꿈꾸는
소망의 새가 된단다.

아직도 그냥 있을까

내 유년
헛간 속에 숨어 살던
족제비 한 마리
아직도 들키지 않은
내밀한 얘기
몰래 엿듣고 있을까

낡은 재봉틀 서랍 속에
할아버지 조끼 호박단추
시침 빠진 회중시계
그냥, 거기 남아 있을까

그래, 그땐
한낮에도 뒤주 속엔
커다란 귀를 감춘 밤이 있어
낮을 숨기기엔 안성맞춤이었지

간밤 꿈속에선
금간 백자항아리 속에
숨겨 두었던 딱정벌레
풍뎅이, 집게벌리 모두 깨어나
스멀스멀 온 방 안을

헤집어 놓았는데

짓궂게도
지렁이에 오줌 누어
고추 끝이 통통 부어
칠월 장마 다 끝나도록
들창 너머로만 지켜보던

그때
그 파아란 하늘
아직도 그렇게
높디높을까.

목어 木魚

섬돌 아래
검정고무신 가지런히
벗어 놓고

달빛
자로 쌓인 뜰 안을
맨발로 나서더니

함지박만한 귀를
산山째 묻어둔
밤도 지나서

다 새벽
서둘러 어적漁笛을 따라 내려온
산명山鳴이더니

정수리부터 깨어지고 부서져도
허연 거품을 물고
다시 일어서는

끝내
비린내 가시지 않는

저 파도소리

그 곁에
슬며시 드러누워
제 목소리를 섞다.

*漁笛 : 어부가 피리를 불어 고기를 불러 모아 잡는 방식.

조선 백자 도요지에서

사기막골
양지바른 가마터
산목련山木蓮 꽃 사태 난 자리면
저러하려나

허망한 햇살의 파편들
뼈가 시리도록 아파
묻어 재울 수 없는 잠이면
저러하려나

혹여
넋두리 청승맞게
솔부엉이 울다 지친
환향녀還鄕女 떼무덤 자리면
또 저러하려나

아!
두멧길 끊어져
텃밭이 다 된
가마터에

비석 혼자

깨어진 꿈 조각을
맞추고 있더이다.

천정화 天井畵

반쯤은 장롱으로 가려져
모자라는 도배지를 신문지로
메워 놓은 한 귀퉁이에
늘 내 시선의 초고를 본다

두 손 깍지 끼고
베개 높이 눈높이에 맞춰
가만히 눈감고 드러누워 보면
금방 해진 하늘엔 별들이 총총히 메우고
하현달이 지나는 천정天井에

나, 평생 묻어두고 살고 싶었던 얘기
슬며시 풀어 놓아주면
가닥 따라 변증되는 심상心傷들
어느새 제 몫을 만나
밑그림 그려질 때쯤

채색구름 뭉게뭉게 피어오르는
천정에서부터
푸른 날갯짓으로 하강을 서두르는
갖가지 물감들

그래서, 그런지 몰라도

간간히 물감 냄새 살짝 풍기기를
은근히 바라는 내 시詩는
천정화天井畵로 시작하는 거다.

해우

지난 밤
내 꿈의 상류
어디쯤에서 범람하였을까

오늘 아침
빗밑 한결 가벼워진
강기슭 한켠에

저리도 민망스레
돌아앉아 가냘퍼
더 하이얀 목덜미

내 사랑
오! 백합아

내 어느 전생 어느 상류
어디쯤에서 만나
어디쯤에서 뜻밖의
작별이였었나

행여
인적 드문

이 강 저 물길
거슬러 오르다 보면

화초 담 넘보며
남몰래 사모했던
규중시인閨中詩人이
네 어느 전생의
환생이었나 보다.

낮달의 노래

간월암 갯바위를
숨 가쁘게 차오르는
한사리 때면

나는 언제나
만조선滿潮線 위로 쉬 떠나던
스물한 살 내 영혼은
한 척 목선木船이었나니

구비마다 목도木道를 따라
흘러내린 오십천五十川아!
창망한 저 동해를
부랑하던 나그네야

오늘은
무너진 봉수대 이마 위를
창백한 얼굴로

쓰레그물도
만선의 오색 깃발도
저 무욕無慾의 바다에 던져버리고

이제
빈손으로 돌아와
풍약楓約으로 물든 금수산을
한가로이 넘어가노니

한평생
정처 없이 떠나는
내 자화상의 편모여!

*楓約 : 화투놀이에서 단풍 석 장을 모아서 이루는 約束

다향茶香

내 명상의
가장자리엔

흰나비 한 마리
살포시 날아와

이내
열두 발 깊은 시름

말가니
헹구어 내고

시나브로 사라지는
그림자의 노래여

오월우

우리 동네 아이들이
무럭무럭
잘 자라는 것은

양지바른
이장님네 담벼락에
분필로 금을 긋고

날마다
날마다
누구 키가 더 컸나

키재기를 하는
까닭이지요

둘
째
돌

후회

산수유 열매
오돌오돌 떠는
저 내를

살얼음
자박자박 밟히며
건너가는 소리

아!
차마
귓등 시려
못 돌아보았습니다.

어느 눈 오는 날의 단상斷想

저 산마루에
흰 구름 한가로운 것은
늘 산 어깨 다정한 까닭일 거라
네가 그랬었지

이른 아침
창문 활짝 열면 한 아름 새 떼
쪼아 내리는 햇살이
너무 눈부셔 좋았다 그랬지

그리고
다 저녁엔
동구 밖 들판에 질척이 드러눕는 노을이
너무 신비로워 눈물 난다 그랬던가

그래, 시방
베란다 아래 소나무 가지에
가볍게 쌓인 흰 눈송이를 바라보며
네 생각의 잔가지 끝에
나도 앉아 있단다.

묘한 심리心理

내 지갑 속에
언제 어디서 만나
인사를 나누며 받았었는지

어쩜, 어느 그럴싸한 술자리에서
왼 밤을 들쳐 매고
술잔을 기울였는지

이름 석 자만 달랑
적혀 있는 도무지 기억나지 않는
명함 한 장

그냥 버리고 보면
그가 내게서 영영
잊혀지고 마는 것 같고

나 또한 공연히
그 사람에게서
잊혀지고 싶지 않은
야살스런 생각 때문일까

십 년이 넘게

지갑이 바뀔 때마다
그냥 넣고 다니는

어떤
명함
한 장

시詩

저 벽도
지그시 눈 감고
담배 한 대 피워 물고

느긋이 기대 앉아
바라보면
꽤나 편안한 것을…

돌아앉아
마주 바라보노라면
끝내 허물어지지 않는
나의 절망인 것도…

늘 그 앞에
스스로 무너지고 마는
내 사유

아!
내 생전生前의
화두였다.

직감直感 강구江口여!

해종일
비린내 물씬 풍기는
포구를 빙빙 맴돌던
갈매기 한 마리

순간
아!
바다로 내리꽂히는
눈부신 은침銀鍼 하나

내 동공 깊숙이 박히면서
늘 망막류網膜流를 따라 흐르던
흰 돛단배 한 척

금시 내 시선의
초표礁標에서 파선해 버리고
나는 끝내

망칠望七, 이 날까지
뱃전을 남실거리던 파도소리에
퍼렇게 멍든 나의 귀여

*초표礁標 : 암초가 있다는 표시

나의 시詩는

내가 야위어 갈 때
살찌는 너는

그로 해 나
자주 범람하는 강이나니

옻나무 꿈만 꾸어도
옻을 타는 내가

풀 덫에 걸려 넘어져도
그여 코피를 보고 마는
내 사유

때문에
내가 홍역을 치를 때
꽃을 피우는 너라면

아서라
이 몹쓸 주박呪縛
죽어야 풀리는 것 아니겠는가

백자 달항아리

한가윗날
온 마을 사람들
냇가에 모여 앉아

얼마나 애절한
소망을 빌었었기에
울력으로 떠오른 보름달이면
행여, 저러하려나

퍼마시고 퍼마셔도
마르지 않던
내 어머니의 젖가슴이면
저러하려나

넘침도 모자람도 없이
한 아름 가슴으로 빚어낸
도공의 저 원각圓覺이여

촛불
- 詩篇 38篇을 위하여

보서요
제 눈에 이 뜨거운
눈물을

밤새
이리 눈물 흘리고
또 흐르는 까닭은

비로소
내 한 생애가
죄였음을 고백하노니

이 뜨거운
참회의 눈물
한 방울 남김없이
불사르고 또 불살라버리는
그날까지

나를 낮추고
또 낮추는 까닭도

아!

언젠가 당신이
저를 아신다 함을
제가 믿고 있는
까닭이지요.

사군자 중 매梅를 위한 스케치

내 나이
갓 스물, 그쯤인가 싶네요

헛치레인지 꽃치레인지
내가 몰라도

내 화첩畵帖 속에서 자주 앓던
화류병花柳病인지 무언지

간밤 입춘은
대한과 우수 틈에 끼어
사지통四肢痛을 앓터니만

기어이 오늘 아침
밤새 효자손으로 긁적거리던 등떼기에서
빨갛게 돋아난 홍반紅斑

그래, 그리여
고목이 다 된
매화나무 휘초에서도
꽃망울 눈트는 꼴
내가 보겠네. 그려

갈마 羯磨

마음으로
먹을 가는 사람은
그 가슴에 난 한 촉
피는 것을 보게 되고요

마음으로
돌을 가는 사람은
그 가슴에 세운 거울로
자기를 보게 된다 했고요

마음으로
칼을 가는 사람은
그 가슴에 품은 칼로 해
피를 본다 했지요

*Karma(범어) : 業. 수계나 참회할 때의 의식.

에밀레 종소리는

오늘은
첨성대 이마 위로
무수한 별들의 잠을
흔들어 깨우더니

금시 토함산 산명山鳴이다가
석굴암 십이 나한
무릎을 꿇리나니

들거라
신라 천년 가로질러
도도히 흐르는 저 맥놀이
지금도 건천을 따라 흐르나니

시방 은빛 깃털 눈부신 저 화살촉
내 흉벽胸壁을 꿰뚫는 그 순간
비명으로 남는 화두話頭를 따라

한밤중 몰래 일어나
내 영혼을 흔들어 깨우던
설렁줄 잡고 뒤를 밟아 나섰더니

오라!
반월성 바로 지나
달빛 푸른 안압지에
한 송이 붉디붉은
연꽃으로 피었더이다.

뻐꾹새 시계(뻐꾸기시계)

내 유년의 고택古宅
대청마루에

날지도 못하는 새 한 마리
함께 살았지요

날이면 날마다
밤이면 밤마다

이 방
저 방
건너다니며

날 새는 줄 모르고
목 메이게 울어대던
새 한 마리

지금쯤

어느 두메산골
자작나무 숲에
둥지를 틀고 있을까.

자화상 自畵像

봄밤

사타구니 같은 계곡에서
물소리를 듣다

그만
헛발 디뎌
물에 빠진

만삭이 다된
달을 보고

좋아라
낄낄거리다가

파계승이 된
나를

너도 알만 할 게다.

노스텔지어

장독대 옆에
앵두꽃 활짝 피는 날 밤은
별도 총총 하더라

빗물 고인 장독 속엔
별 반 꽃잎 반
그래서 더욱
봄밤은 흥청거렸지

사람 냄새 말고는
꽤나 괜찮은 세상
그 끄트머리

밤 깊은데도
마을 앞 가로질러 흐르는
뼈마디 풀린 냇물은

오늘밤
어쩌자고
비좁은 내 꿈자리 속에
물꼬 트고 들어와

어디로
자꾸자꾸
흐르자 졸라 대는가

시인마을 저녁노을

다 저녁

느릅나무 아래
삭정이 주워다
군불아궁이에
불 지펴 놓고

마당 한 가운데
모탕을 바로 하고
장작을 패다 보니

아뿔싸!

지던 해
도끼뿔에 이라를 찢겨
저녁하늘 벌겋게 물들이며
서둘러 제비봉을
넘어 갔습니다.

애기똥풀

밤도와

곱게 손다듬질 해
접어 채운
아기 기저귀

다 새벽
엄마가 사알짝
열어 보면

아가는 꿈길로
아장아장
실개울 건너

노오란 꽃 한 송이
엄마 몰래
따다 놓았죠.

궁도 弓道

나도 젊었을 적엔
몰래 쏘면 날아가
미운 놈 가슴팍에
팍 꽂힐 화살이라면

활시위 얹고 깍지 끼고
동개살 제대로 몇 발 먹여
날려 보랠만한 일
더러 있긴 있었는데…

명장의 진풍이라
늘 자랑하시면서도
할아버지도 아버지도
늘 벽에만 걸어 놓고
애지중지 하시던 말씀

저 활과 살 사이에는
중용中庸의 다리가 놓여 있어
그 건너편에
궁사의 도리가 있다는 말씀 때문에

망칠望七, 이 나이 되도록

여태 깨닫지 못해
활시위 한번
당겨 보지 못하고 말았습니다.
다만, 이젠
시위를 떠난 화살은
다시 돌아오지 않는다는 사실
그 하나만은 알고 있지요.

포레의 비가悲歌를 위한 담시곡譚詩曲

– 베르나르 미쉐링의 첼로 연주회에서

방금
자정을 분기하는 괘종소리를 듣는다.
해토解土하던 봄밤의 뼛속
그 마디마디를 고르게 짚어가면서
긴 가수假睡에서 깨어나는 나를
그때 만나고 있었다.

늘 소라를 닮아
끝없이 부랑浮浪하던 내 귀는
그날 참으로 오래 전부터
무슨 암호처럼 기억되었던 소리가
내 안에서 역류하면서
영혼과 교신하고 있었다.

아마! 열두 살 때였던가 싶다
피난민 시절
부산 영도 앞바다에서 물놀이를 하다
익사할 뻔했던 그 날
고막 속은 수은을 부어 넣은 듯
바닷물이 차오르고
점점 희미해지는 의식 속을 지나
은밀한 자궁 속으로 빨려 들어가면서

그날 밤 나는
스스로 듣는 심장의 파열음이
끝내 저러하리라 생각하면서
때론 짧고, 길게, 무겁고, 둔탁하게
톱질 당하던 내 영혼은
내 안에 수장水葬되어 있던 소리와
드디어 합류하면서

내가 텅 빈 객석에
혼자 남아 있었다는 사실을
깨달았을 때

과연! 시詩란
언어의 전달 매체밖에는
없는 것인가 곰곰이 생각해 보았다

연주회가 끝나갈 무렵
잠시 육신을 잃어버리고
방황하던 내 영혼이
내 안에서 다시 해후하면서
이마 위에 무수한 별들의 이름을
떠올리며…

조그마한 세상

내 어릴 적
장독대
빈 옹가지에
빗물 흥건히 고이면

울 엄니
쪽빛 치마폭만한 하늘
내가 이고 살았네

해며
달이며
별들이 총총히 떠
바다가 되고
하늘이던
쪽박만한 세상

내 유년의 뒤란
얘기 속에 숨어 살던
도깨비
달걀귀신
빗자루귀신
오만五萬 가지 귀신 다

우리는
그때
세상보다 더 넓은
멍석 위에
모여 살았네.

내 첫사랑의 소상塑像

책갈피에
끼어 있는

저
빛바랜
단풍잎 한 장

아슴푸레한
내 기억의 상류

그
어디쯤에서
흘러내렸을까

셋
째
돌

속죄贖罪

간밤 꿈에
넋 고개 시오리길
누가 길동무 했었나 본데

얼굴도 이름도
떠오르지 않아
작별이 멋쩍었던 그 사람

행여 철없이
헤프게 해버린 언약
아직도 살아있어

내 기억의 윗가지
그 가지 사이에
둥지를 틀고 있었던 건
아닐는지

혹여
오늘이나 내일 밤 꿈에서라도
다시 길동무 할 수 있다면

그때 그

저버린 약속

엎드려 눈물로
당신의 발등 닦아 드리겠습니다.

오우가 五友歌

– 白潭 이광을 위하여

오늘 아침
다관茶罐이
물어 이르되

5월 신 새벽
이슬 밟고 하산하신
신선이 당도하셨느냐
하니

다완茶盌이
대답하여 이르되

방금 노담露潭에
목욕재계하고
선학 더불어
정자亭子에 오르셨다
하니

얼른
다종茶鐘이
살며시 일어나

향 받쳐 들고
오르니

땡그렁!
풍경風磬이
저 먼저
가슴 설레더라.

*茶亭子 : 찻상을 옳게 이르름.

내 그리움의 초상肖像

처마 밑
빗낱 듣는 소리
발걸음도 빨라라

밤새 뒷귀 밝은
괘종시계 초침 소리에
짝신 들고 뒤따라가고

유리창에는
메말라버린 내 기억 속을
더듬어 내리는 빗물

금시
가슴팍 촉촉이 적셔
눈물 되나니

얼마를 더 살고서야
너를 잊고도 사는 법
깨달을 날 있으려나.

촉루제燭淚祭

저 어둠 속에 갇혀 있는
불면의 중심에
마구 흔들리고 있는
미망의 영혼 좀 보게나

나 생전
꽃 한 송이, 손수건 한 장
제대로 건네지 못한 채
눈물 한 방울 없이 건너온
내 맨발의 무밀기無蜜期를

오늘밤 그여
내 평다리 꿇려 앉혀
새벽으로 이어지는 기도의 내벽內壁
내 안에서부터 허물어져 내리는
이 뜨거운 눈물

이순耳順의 이 한 몸 불살라
마지막 분신焚身의 제祭 올려

붉디붉은 꽃 한 송이
피워 보아야겠네.

향수鄕愁

어느
심술머리 고약한
초동樵童의 장난기였을 거야

밤마다
발목물 잡히는
도랑 건너

구름처럼 꽃피던
돌배나무 아래
온 동네 가시내들 수다 속을 지나

산모롱이 돌아서면
정자나무 의젓하게
팔짱끼고 서 있는 마을

고향 가는 길목 목마다
늘 풀 덫에 걸려
발목 삐던 내 꿈은

아마
내 꿈속에 둥지 틀고 사는

어느 심술머리 고약한
초동의 장난기 때문일 거야

경로석

– 전철역에서

너만은 이 세상
종착역까지 그냥
빈자리로 남아 있어라

언제 어디서
먼지 뽀얗게 덮일지라도
늘 그대로 비워 두어라

세상에 빈자리 좀
남아 있기로서니
죽을 판난다 하더냐

제 풀에 먹는 게
사람의 나이라 하지만
늙기도 서럽다 하찮던가

정작
우리가 세상에 비워두고
살아야 할 자리

비단 경로석
그 한 곳뿐이더냐

마냥 비워 두고 보아도
그럴싸한 그림 한 폭
비워 둔 자리
얼마나 멋있는 세상 그림이더냐.

싸리나무에 대한 소고小考

싸리꽃향기
칠월 동구 밖 시오리 길을
환하게 터 좋았고요

편일片日 싸리문
늘 여닫을 일 없어
맷돌 한 장 지질러 두면
그만인 해종일

한여름 내
안팎이 다 뵈는 울이 되어
장독대 옆엔 홀아비꽃, 비비추
천남성, 금낭화, 우산나물
부추 꽃 대궁 밀어 올려 풍성해 좋았고요

그래서 올 가을엔 산에 올라
허리 낭창한 싸리 좀 골라
빗자루 두어 개 매어 놓고요

곧고 굵은 놈 서너 개
잘 손질해 회초리를 만들어 놓고

책상머리에 객쩍게 쌓이는
오만 잡것 다 쓸어내어
내 안에 길을 좀 내 놓고

혹여
절필絶筆의 때를 놓칠세라
이놈의 아둔함을 자주자주
매질로 깨우쳐 보렵니다.

호반湖畔의 이웃들

진종일 매미 울음소리
온 동네 얼기설기
엮어 보아도

고목이 다 된
느릅나무 그늘로
사람 하나 불러내지 못해도

매미 울음 그칠 때쯤
다 저녁 산비탈을
풀 더미 속에 할아버지
묻혀 내려오고

병색 짙은 옆집 할머니
고춧잎 무침 한 보시기
건네주고 돌아서는
저 민망스런 좁은 어깨 너머로

막 제비봉을 황망히 넘어서던
석양의 잔광殘光이 눈부시나니

아! 도랑 하나 건너

이웃 간에
나도 한세상
살고 있구나.

고불심古佛心

이런 저런 생각
별로 신통치도 못한 머리를
밤새 제멋대로 굴리다

다 새벽
눈덩이처럼 불어난
옴짝달싹 않는 밑그림
구겨 들고 뒷간에 가다보니

얼레! 돌담 아래
노란 원추리 꽃도 밤도와
까치발로 담장 밖을 넘볼
궁리를 하다하다
못다 한 생각 끝을

나팔꽃이 줄기부터 타고 올라
한낮까지 곰곰이
풀어도 보았지만

끝내 풀리지 않는
궁금증의 매듭
다 저녁 풀이 죽은

나팔꽃도 원추리 꽃도
담장 밖 세상을 넘보기엔

돌담이 너무
높았던 까닭일 게다.

잃어버린 골목길

칠월 장마 끝에
등뼈 허옇게 드러낸
길목을
아이들은 자갈처럼 굴러다녔었지

붐비다 못내 행길까지 배를 내민
구멍가게며 만화가게 유리창엔
너절한 신간만화 포스터
그 아래 늘 장기판 차려 놓고
훈수꾼이 더 많은 난장판인데

아침저녁으로
어깨를 부대끼며
골목을 끼고
목을 매고 살던 사람들

늘 성가시게 몰려오던
월부장수, 고물장수, 일수쟁이 등살에
발자국만 어지럽게 칸을 메우던
스물여섯 살 내 위녹지 행간 행간

그리도 가끔

앙칼진 주인집 여편네
바가지 긁는 소리가
장마 끝이라 제법 싱그러웠나니
와장창 그릇 깨지는 소리
언제 어디서 터질지 몰라
골목 안은 내 창자처럼
늘 긴장해 있기 마련이었고

삶의 폭도 깊이도 길이도
비슷한 사람들이 모여
모두 숨길 것 하나 없는
말도 많던 골목길

나도 한 때
장기판 위에 병졸兵卒처럼
골목길 한 귀퉁이에
얹혀살았었는데…

여적餘滴의 의미

사진첩을 넘기다 보니
해묵은 해소 기침소리
듣겠네 그려

속 벗겨진 거울
애써 문질러 봐도
영 떠오르지 않던 얼굴처럼

새삼 가슴 시리게
장장이 묻어 일어나는
가시랭이네 그려

세월은 빛바래도
이승 저승 따로
나눌 수 없는 사진첩

그래서 더욱
눈물 나게 반갑고
아쉽네 그려

그랴! 우리네
마지막 나들이 길이

이승이라 치면

이젠 누가
흰 손수건 한 장 흔들고
내 앞에 스쳐만 지나도
기막힌 인연인 줄
믿고 살겠네 그녀.

봄은 폐가廢家에도

진해 벚꽃놀이
소문만 들뜬 때라
꽃망울 반쯤 눈뜬
앵두나무 곁 장독대엔
깨진 항아리 쪽도 눈부시구나

엊저녁 내린 비 탓일까
저녁 짓는 연기
영 피어 오르지 않는 굴뚝에선
묵은 구들 내 여적 떠나질 못하고

마당 한가운데 널브러진
궁상 낀 살림살이 속에
아직은 쓸 만한 사방등四方燈 하나
챙겨 들고 일어서 보니

아뿔싸!
양지바른 돌담 아래엔
깨어져 버린 기왓장을 비집고
접시꽃, 금낭화, 비비추, 앵초
원추리, 작약 순이 한꺼번에
조막손에 꼭 움겨 쥔

파아란 하늘 보네

어쩌다 민망스레
뒤집혀 깨진 요강 속에
넉살 좋게 자리 잡은 애기똥풀

저 허망한 폐가의 뜰에도
햇살은 참으로 푸르른 생명들을
키워내고 있었구나!

봄 알레르기

밤 사이
꽃샘추위라도 하려
했었나 보구나

온 밤을 효자손으로
등떼기 피맺히도록
긁적거리다가

아침 일찍
이부자리 밀쳐놓고
마당에 나섰더니

오라! 돌담 곁
개복숭아 가지에서
발싸심하던 꽃망울들

실눈 살며시 뜨고
벌써 사바를 반에 반쯤
열어보고 말았구나!

산염불 山念佛

막대 짚고
혼자 오른 뒷산은
그냥 봄 난장 섰더라

제철 만난
꽃망울들 서로
곁눈질 해가며

그만
눈 뜰까 말까
궁리중이더라

얼레
목비 木碑 하나 없는
저 애기 무덤가에

소복이 모여 앉은
산 할미꽃은
왜 저리
풀이 죽었노

어느 봄날의 단상斷想

양지바른 뒤란
화들짝 핀
개나리 울 아래

제 꿈을 베고 잠든
길고양이의
나른한 오수午睡 속을

나
시방
고무신 벗어 들고

맨발로
조심조심
한발 한발
내려가 본다.

기의도를 벼나는 뱃머리에 서서

점
점
무슨 점

지던 해가
꼴깍 삼키고
넘어간

외로운
점 하나

*가의도賈誼島 : 충남 태안 앞바다에 있는 섬.
*섬 처녀가 뭍으로 시집가면 좋다 했는데, 정작 시집 와 보니 오뉴월 보리누름에 우럭 맛만 못 하더
라 했다.

입춘 立春

마을 앞
꽁꽁 언
강물 속을

가만히 엎드려
귀 기울여 들어보면

토닥토닥
강 상류
어느 깊은 산골마을

갓 몸을 푼 새댁이
개울가에 앉아

첫아기
기저귀 삶아
빨래방망이 두드리는 소리
아기 울음소리

이제쯤
아스라이
들게 되노라.

봄 기척

이맘때면
나는 안단다

물버들 물오르듯
내 모세혈관을 타고
오르는 소리

암!
내가 듣고
안단다

호수로 내려가는
애기도랑물

졸랑졸랑
내 뒤를 밟고
따라오는 줄도

귓바퀴에 솜털 난
봄바람
앞서가는 줄도
내가 듣고
안단다.

아직은 달력 속의 봄인데…

입춘이 지난
이월과 삼월 그 사잇길에는
봄인 척
풍문風聞만 무성하고

가끔 실없이 날리는 눈발에
죄 없는 장작만
축나기 일쑤인데

까닭 없이 짧은
저 이월
치마폭엔

입춘이 설치면서
설날이 들고
우수가 끼어들어도

봄은 성급한 걸음걸이로
달력 속 비탈길을
달려 내려와 보지만

빠듯한 짧은 하루해로

먼 길 오시기에는

아직은 마냥
달력 속의 봄일 뿐인 것을…

심상心像

어젯밤
누가 저 깊은 우물 속에
금간 손거울 하나
빠뜨렸나 봅니다

가녀린 바람 한 가닥
잔 나뭇가지에 사알짝
볼을 부비기만 했는데도

파르라니
마른 잎 한 장 떨구면
금시 달도 나뭇가지도
산산이 금가 버리는 것은

그건 아마
내 마음의 빗면에
잔잔히 고여 있던 그리움이
잠시 잠깐
일렁거렸을 뿐일까요.

해바라기

저
화사한 얼굴
그 속에

보고
듣고
말하는 입은 없어도

저처럼
환한 웃음
넘치는 것은

늘 해를 닮아
좋은 생각
알뜰히 여무는 까닭일 테지요.

네
째
돌

수묵화水墨畵 속에 숨어 있는 마을

제비봉 사타구니에
얼음골을 끼고 살고

격강천리라 했던가
투구봉 바라뵈는
그 아래 구미마을

완행버스 막차
저녁 어스름 부리고
지나가 버리면

이 강마을
저 끝까지
노을이 물 발림하고

혼자가 너무 섭섭해
고개 숙인 외등外燈 아랜
질펀하게 드러누워 버린 불빛

이젠
솟대 끝에 매달아 놓을
볍씨 주머니 하나 꿰맬

밝은 눈 없는 이 마을엔

밤 깊도록
귀뚜라미 공염불空念佛 드리는 소리
갈 숲에 서리로 내린다네요.

초승달 · 1

재 너머
장보러 가신 누님

입술 파랗게 질린
밤길을

삽짝문까지
바래다주고도

장바구니 속엔
흰 고무신 한 켤레
간고등어 한 손
색실 한 타래

맨 아래
땅콩 듬성듬성 박힌
갱엿 한 판 있을 줄
너는 까맣게 몰랐을 거다.

초승달 · 2

가마솥에는
저녁밥 뜸 들어가고

고무래로 펴 놓은
불 아궁이 앞에 시방

된장찌개 보글보글
끓고

시집살이가 매운지
연기가 매운 건지

새색시가 앞치마로
눈물 훔치는 등 뒤에는

살창 새로 엿보는
해찰궂은 시누이의
눈초리가
게 있었구나.

구미마을 초승달 · 3

제비봉 무릎 아래
늘 반가부좌로
내 머리맡에 앉아
청안青眼으로 깨어나

바위 구절초
산안개처럼 피다 지는
이 퇴락한 산마을은
아직도 꿈을 꾸고 있는가 보다

오늘밤도
썩어빠진 낫자루를
비탈 텃밭 어디다
묻어두고

박꽃 환하게
우격다짐으로 피워 올린
기왓장 한 장
성한 곳 없는 저 폐가의 지붕 위에

날 잡아
누가 몰래 찾아 들어

주인 잃은 녹슨 낫을
시퍼렇게 날을 세우고 있는 걸까

초승달 · 4

수세미외
기어올라

굴뚝 끝에
아슴푸레한 내 기억의 잔영

뜬금없이 넘나들던
나의 귀향

윤유월
내 누님
봉숭아 꽃물 들인
손톱 끝에 뜨던
눈썹 같은 달

오늘밤
열두 발 두레박줄로
우물 속에서 건져 올려 보네요.

시인론詩人論

밤새
뜰 안에 탐스레 쌓인
눈 속에

이사 오던 해
옮겨다 심어 놓은
산죽山竹

엄동설한
저 청절淸節한 잎새며
자태

우격다짐으로라도
푸르고 곧아야 하는
까닭일 겁니다.

징검다리

내 생전에 쌓은 공덕 없어
행여 불국사 석가탑 석재로는
애시 당초 꿈도 꾼 적 없고요

석공의 손길에 정 맞은
흠 없이 다듬어진
덕수궁 눈부신 석계石階는
아예 바라지도 않고요

할 일 없이 남의 안방을
차지하고 수반에 올라 앉아
돌 값이 돈값으로 둔갑하는
수석壽石은 예전에 사양했고요

더더욱
허명에 들뜬 높으신 분들
공덕비나 시비詩碑는 죽어도 아니고요

다만 나는
급한 물살에
쉬 떠내려가지 않는
큼지막한 막돌

나란히 놓아 보면
그럴싸한 징검돌이 되는
그냥 그런 막돌이고 싶네요.

월악산 단풍을 위한 발라드

나 시방
풍악楓嶽으로 벅찬
너의 가슴팍을
한발 한발
옮겨 놓은 발자국마다
밤하늘의 별들의 이름으로 묻어가며
시詩로 옮겨 노래 부르려 하나니

보라!
팥배나무 졸참나무
붉나무 고로쇠나무
백당나무 신갈나무 풍개나무

한 천년 대를 이어 온
내 피붙이 같은
그런 싱그러운 이름들이
제각기 가파른 산길을 트고

누리장나무 말채나무
비목나무 고추나무
떡오리나무 갈참나무
쪽동백 모두 어깨 다정한 채

그 사이사이를 누비며
짐승처럼 우~우~
울부짖는 바람소리에

금새
대팻밥나무 고광나무
노린재나무 흙느릅나무
물푸레나무 팽나무 잎새들

서슬 퍼런 산바람의 선창에
후렴으로 지우는
잎새들의 찬란한 허장성세여

오늘
무슨 뜻밖의 기별이
이렇게
낯설고 발길 설다는
이승 밖에 어디 또 청산 있어
저리 길 떠날 채비
서둘러 그래서 더욱
기막힌 허세를 부리는 건가

허기사 뒤돌아보면

푸르디푸른 갈채 그리도
무성했던 날들
참으로 눈부셨나니
저 등 푸른 산야 마구 뒹굴며
멧짐승 발자국 소리 귀에 밟히며
야무지게도 꿈은 홰를 쳤다니
이제
내 심장 가장 가까운 데서부터
터지는 불 꽃 놀이 불꽃놀이
너울너울 고별의 춤사위
저 붉디붉은 낙조 위로
나의 귀향을 보나니

이 주체할 수 없는
낡은 목숨 하나
빈 산야에 눕혀
썩어 거름되는 역사役事로 남을지니

지는 잎새 가슴마다
영봉 이마 위에
무수한 별들의 이름으로
환생하리라
다시 환생하리라

금수산 축제의 날에

얼씨구 절씨구
온 세상 온 고을
매암 돌거라

네 품 내 품 할 것 없이
선하고 착한 이웃들
가슴에 어깨 위에
빙글빙글 돌거라

꽹과리 잔걸음을
날라리 따라가고
낭창한 장구허리 붙잡고
북소리 징소리
앞서거니 뒤서거니

지신地神 밟고
천신天神 들어

오늘은 축제의 날
온 고을 온 세상 사람들
간절한 소망
우격다짐으로라도
다 이루어지거라.

각시붓꽃

금수산 오름길

길섶에
얌전히 비켜선

저 새색시의
풋풋한 생각 속에

아!
잠시
이 세상 그만두고

저처럼
이름 없이 머물다

흔적 없이
사라지고 싶구나

환몽幻夢

감자 꽃 환하게 피는 마을에도
달도 무척 밝더라만

왼 종일 뙤약볕 아래
비탈진 밭고랑에
제멋대로 뒹굴던 아이는

다 저녁
부엌에서 딸그락딸그락
저녁밥상 차리는 소리
가물가물 멀어지며 잠이 들고

시방, 꿈꾸는 아이는
흰나비 한 쌍 나풀나풀 날다
꽃 속에 숨어버린 밭고랑을

꽃인지 나비인지
분간도 못하고
가쁜 숨 몰아쉬며
마구 달리고 있습니다.

두음리斗音里 가을 소묘素描

족히 되 반을 넘는
새벽닭 잦추는 소리
온 마을 깨워 놓으면

한 되가 넉넉한
남조천 푸르디푸른 물소리
정말 귀를 맑게 하나니

부지런한 이장님 댁
창문을 후벼파는 새소리는
아무래도 두 되는 될 성 싶은데

뒷산 제자리에 두고
냅다 쏟아 붇는 한 되
시원한 바람소리 선창에

후렴으로 우수수 지는
은행나무 잎새들
황금빛 물결 한 되어라.

거기다
알밤 털려 구르는 소리까지
합쳐 놓고 보면

그래 다 저녁
빈 들녘 건너
노을 가득 싣고 오는
한 되 경운기 소리에다

군불아궁이에
타닥타닥 장작 타는 소리
한 되는 약간 못미처도

밤새 너나 내
애간장 다 녹이는
문풍지 우는 소리에다

길 아래
양옥집 새댁 애기울음소리
겨우 한 되가 될까 말까 해도

산 아래 혼자 사는
노인네 해소기침소리에 묻혀
풀벌레 소리까지 합치면

아무렴
청량한 한 말 석 되 두 홉
꽉 채운 소리 속에 묻혀 사는
그럴듯한 마을이네 그려.

백시白柿

장대 끝에
감 마구 털리던 날이면
유년의 뜰, 그 하늘에는

밤마다
무수한 별들이
쏟아져 내리고

해거리 하던
할아버지 동갑내기 감나무
접으로 따 주렴으로 걸리면

아무렴 그랬었지
따사로운 햇살과 바람, 그리고
나른한 전설로 철들어 가고

칭얼칭얼 보채던 아이들 투정에
단물 오르던 곶감
새삼 감물 들던 하늘을 보게 된다

아! 내 생전은 아직도
도량천수道場千手는 팔자에 없는

일이고 보면

이 몸도
저처럼 한번 허물을 벗고
서릿발 견디고 보면

행여
떫은 맛 우려낸 내 살갗에
뽀얀 분이라도 피려나

가을 풍경

빨간 오토바이 탄 집배원이
방금, 마을을 다녀간 그 뒤를
개 짖는 소리 얼음골까지
뒤쫓아가버리고 나면

한낮은 골바람소리 양철지붕에서
한 음정을 높여 육율六律로 조율할 때
족제비 한 마리 잽싸게
옥수숫단 속으로 숨어버리고

낮달, 조심스레 건너가는 냇가엔
받을 이 없는 엽서葉書들이 길 떠나고
얽박맷돌 한 짝이 버티고 있는 삽짝문은
조바심에 종일 실갱이를 하고 있구나

이 무료한 시골
수심으로 깊어가는 구미마을
온갖 목관악기의 협주로 조곡組曲하는
가을 풍경 속에

나도 한 사나흘쯤
몸살 앓고 일어나야

머리맡에 차곡차곡 쌓이는 소식

무소식도 희소식인 양
한 음정 낮춰, 잠 못 이루는 밤을
육려六呂로 조율해 보리라.

창窓

내 생각은
늘 막고 투명하여

한 줄기 깊고 푸르른
강물로 흐르나니

세상사 그 안팎
애당초 하나여서

밖에서 안을 보나
안에서 밖을 보나

인간사 그 앞뒤에는
마음 하나
가로 누웠을 뿐

안팎 따로 없는 가슴
활짝 열어 제치면

늘
이마 푸른 하늘로
열려 있나니라

가을 야상곡夜想曲

자박자박
괘종시계 초침
마루방을 조심스레
서성이고

밤비는 추적추적
처마 끝에 가지런히
주렴珠簾으로 걸리는데

잠줄 놓인 나는
덩달아
뜬 눈으로 지새웠습니다.

저녁 풍경을 위한 소묘素描

산우山雨, 한 차례
지나는 마을에
저녁 짓는 연기
나직이 엎드린다

행길 건너에는
어린 흑염소 한 마리
어미젖 보채며 맴돌다
말뚝에 목이 바짝 조였구나

살구꽃
호들갑스럽게 핀
앞집 뒤꼍에는

막, 묵은장 한 보시기
바삐 퍼 가던
아낙네 등 뒤로

장작불빛
문틈으로 새어나오는
부엌 뒷문에서

따닥따닥
생솔가지

불티 날리며 타는 소리
그래! 아직
그릴 수 없는 소리는
귀에 담은 채
발길 돌리다.

한일 閑日

늘 내 집 뒤란
제자리를 지키고 있는
툇마루에 걸터앉아

해종일
동네 이 구석 저 구석
마구 찔러보고 쪼아보는
때까치 울음소리와

시원한
냉수 한 사발과
방금 따다 놓은 산딸기며
오디 한 보시기와

어느새
한 뼘도 덜 남은
저녁 해와

문지방을 베고 잠이 든
방울이를 물끄러미
바라보면서

이제 쯤, 나도
내 상념의 잔등에

부질없이 자라고 있는 잡초를
무심히 바라볼 수 있는
여유가 있는 걸까

홍시 紅柿

귀밑머리
허옇도록

무엇에 저리
골몰하던 생각

여적
떨구지 못하고

저토록
빨갛게 상기되었나

고음孤吟

어젯밤
잠 못 이루어
서녘 하늘
다 새벽까지

길 잃어
박우물에 빠진
애기 별 하나

조롱이로 건져
마을 앞 냇가에
띄워 보냈더니

오늘밤
산죽山竹 일렁이는
서창書窓에

청촉青燭 하나
밝혀 들고
서 있네요

다섯째 돌

어떤 만시晚時

핑계 찜에 도라지꽃도 못 본
요 며칠 새 장마며 친구며
요리조리 미루적거리다
쑥대밭이 다 된 남새밭은

얼씨구!
제멋대로 웃자란
상추며 쑥갓은 죄다 쇠 버렸는데

허기사, 밤낮없이
나도 몰래 자란
내 등떼기에 무성한
이 잡초야 말해 무엇 하겠냐마는

언제나
내 사유의 키보다
훨씬 웃자라 버리는
나의 나태여!

가을 산행山行

금수산 가슴팎은
제풀에 철들어
벌겋게 타는 목숨이네, 그려
정사情事이네 그려

건트집 무성한 산길은
돌부리에 걷어차인
피맺힌 엄지발가락이네, 그려
눈물이네, 그려

아! 가을 산은
한철 푸르디푸르게 피다
붉디붉게 스러지는 노을이네, 그려
감격이네 그려

허긴 세상사 그럴 수만 없는 것도
작별은 빈말이 아니네
눈시울 뜨거워지는 까닭이네, 그려
몸부림이네 그려

가을 길

참억새
심산心散한 들길

이런저런 생각
나를 한발
앞서 가네요

대문 나설 때만 해도
밉고 섭섭했던 사람
함께 나섰던 이 길을

다 저녁
돌아올 땐
발걸음도 가볍게
혼자 오는 이 길

발그레
내 안에 들여 놓은
저녁노을

아!
가을 산책길은

내 안으로부터 환하게
밝아오네요

추강소묘 秋江素描

서운도 하렸다
이 강江마을
귀 여린 새밭엔

밤새 저리
공염불空念佛로 지새우는
풀벌레 소리

오늘밤
청촉青燭을 밝혀 놓고
천념千念을 꿰는
나의 창문을

까닭 없이 흔들어대며
허드레 울음
그칠 줄 모르는 이
누구인가

만각晩覺

석류꽃
건성으로 붉게
피는 줄만 알았더니
그도 아닌 것이

5월 강나루에
밤마다 소쩍새 건울음
넌덜나 씻겨 내리는 줄만
알았더니
그 또한 아닌 것도

어스름 내린 산촌
외딴 초가집
등불 더 선명해뵈는 까닭도

산비둘기 울음소리
더 맑게 들리는 까닭도
미처 깨닫지 못한 것 아닌데

가는 귀 먹을 때쯤
하늘 눈 뜬다는 말
옛말이 아닌 줄
이젠 알만 합니다.

너를

오늘 같은 날은 중앙선
꿈인 듯 생시인 듯
모설 속에 피어나는
간이역 외등 아래서
만나고 싶구나

방금 수묵갈필 풍경화 속을
허리 굽혀
나직한 목로주점을 찾아
낯선 향촌 사람들과
가벼운 목례로 수작酬酌을 걸어 놓고

음정吟情에 푹 젖은 눈바람도
풍금소리 같아 좋고
문짝 덜컹덜컹 거릴 때마다
잔 비울 때마다

우리가 그렇게 사랑했던
사랑을 받았던, 이들을 위하여
높이 건배를 외치며

이젠 살아온 날보다

남은 날을 더 여유 있게

어깨 자주 비벼대며
만나며 살고 싶구나
정말, 어느 날 황당하게도
소백산 정수리에 저 무수한 별들이
한꺼번에 잠으로 확 쏟아져 내릴 때
지등紙燈 파랗게 질린 골목길에서
문득 뒤돌아보면

뒷모습 산처럼 우뚝 서
울컥 피를 토할 듯 그리워지는
그런 날을 위하여
이제, 만나며 살자꾸나

우리 이승에 머물 날 얼마인데
남은 날이야 뻔한 것을…

세한기歲寒記

– 천상병의 시 귀천歸天에 부치며

하루 이틀
사흘 남은 달력 속
다 저문 해

썰렁한 바지주머니에
두 손 찔러 넣고
동전 두 닢
만지작거리며

인사동仁寺洞 골목길
어슬렁거리다
'귀천歸天'에 들렀더니

아직
빈자리가 없어
세상으로 돌아오다.

*여기서 '歸天'은 천상병 시인의 부인 목 여사가 운영하는 다방.

고故 이중섭李仲燮 유품전에

영도다리 아래
점占집 카바이트 불빛 속을
맨발로 지나

빈 담뱃갑 속
은박지로 꼬깃꼬깃 접은
종이배를 타고

차마
눈물로 거덜내고 돌아온
현해탄 바라보다

아서라
끝내 한 세상
5월 남천南天
까마귀 별자리 기웃이
내려앉은 삽화 속으로
숨어버린 그 사나이여!

소월素月

- 金廷湜 詩人의 號에 부치며

청동 거울 속에
창백한 얼굴
하나

참 오래 전에
파랗게 녹슨 기억

그
건너편에
가슴 시린 옛이야기

물끄러미
들여다보다

금시
여윈 볼 타고 흐르는
촉촉한 달빛.

월탄月灘
− 朴鍾和 詩人의 號에 부치며

올망졸망
여울 돌
어깨동무 하고

벽장 속에 대 물린
상감청자 운학문雲鶴紋항아리는
아득한 고려의 하늘을
두드려 열어 놓고

오늘 밤
달은 냇가에
스멀스멀 허물을 벗고

맨발로 여울목
잠방잠방
건너가고 있네요.

칡꽃을 위하여
-제천 의병제에 부치는 시초詩草

그날의 함성
시방
내 귓전을 쾅쾅 두드리고 일어서나니

푸르러 질긴 목숨
얼기설기 엉키어
덩굴로 자란 이 땅의 핏줄이여

뿌리로 내린 강산을
반만년 뻗어 내린
저 순명殉名의 민초들 분모의 함성
좀 들어보시게

손에 손
들고 일어선 창칼의 날
참으로 눈부셔 번개 등에
천둥 타고 달리는 백마 같나니

한 목숨 한 목숨
육신은 산야에 묻고
오직 빛나는 눈동자로
살아남아

밤하늘의 무수한 별들의 이름으로
환생한 저 영령들
피 흘린 강산에
철따라 피고 지나니

울분을 깨물어
입술에 맺힌
저 빠알간 피 좀 보시라

모년暮年의 시골 정경情景

여름내 정자나무 붙잡고
마구 후비고 흔들어 대던
매미울음 뚝 그쳤을 때

그늘도 함께 쓸어 가버린
이 마을엔
삭정이 쌓이는 시간만 남았고

가을 볕, 약이 바짝 올라
멍석 위에 쏟아 부어 놓은
빠알간 고추
눈물 나도록 이젠 매웁습니다

삽짝문 다 기운, 저 집
마당 한가운데에는
녹슬어버린 세발자전거

아! 이
아이들 울음조차 끊어져버린
궁벽한 이 산마을엔

콜록콜록

경운기 해소기침소리만 멀리
저녁 들을 가로질러 갑니다.

산일山日

아침이슬 촉촉한 산길을
팽이밥, 처녀치마, 제비꽃 같은 것들이
길을 열어 놓았고요

박태기나무나 고광나무 물잠대도
서로 어깨 맞대고 살지만

왠지 몰라도
조릿대만 따로 모여
늘 귓속말로 순군대고요

매번 물총새가 앞질러 건너가는
개울가에 앉아
양치질까지 하고 내려올 때쯤

봄맞이 지천으로 엎드려 꽃피는
밭두렁 지나 행길 건너다보면
양당리로 들어가는 완행버스
구미 정류장 휑하니 그냥
지나기 일쑤이고

다 저녁

일곱시 사십분 막차가
세상과 연을 끊고 지나면
이 퇴락한 산마을에는
외등外燈 하나, 기대고 잠이 든대요.

모란이 한창일 때

모처럼
산山 중의 한가한 시간을
등에 한 자락 깔고

나는 시방
대청을 뒹구는 호사를
황송하게 누리고 있다

뒤뜰에는
잘 생긴 옹기항아리들이
둥그레 돌 방석에 올기종기 모여 앉아

눈부신
오후의 햇살 아래
깜박 조올고

오라!
장독대 옆엔
막 친정을 다니러 오신
내 누님 같은 모란꽃이

화알짝
웃고 서 계셨네요.

칡꽃

장회나루
건너
두향이 눈물
그 너머

멧비둘기 울음
글썽히 젖은
강선대 뒷산에서 보네

잦은 경풍으로
파랗게 넘어가던
내 어린 누이

엄지 마디 아랠
명주실로 꼭 묶어
은침銀針으로 따내면

아! 몽글
비명으로 솟아나던
붉디붉은 피였네.

제비

풀각시 꿈을 엮던
유년의 강 그 건너
사금파리 반짝이던 봄이사
참으로 눈부셨나니

늘 내 몫 반쯤
덤으로 살아주신 내 누님이
바자울 넘는 개나리
꽃그늘에 앉아 쉴 때

바지랑대에 걸어 놓은
건반 위에 줄지어 앉아
귀 시리도록 쏟아 붓던
물방울 튀어 오르는 소리
참으로 싱그러웠나니

해마다 달맞이꽃
온 동네방네
울력으로 피워 올리던
온 마을 사람들

지금

동구 밖 텃마당에 모여
너의 귀향을
기다리고 있나니

하일夏日

매미 울음
거미줄처럼 뒤얽혀

한낮이 꽁꽁 묶인
느티나무 아래

곤히 잠든
아가의 입술은

새참 이고
막 논으로 달려간
엄마의 젖꼭지

여적
오물오물
빨고 있네요.

봉숭아

한
여름밤

툇마루에
걸터앉아

당신의 언약
약지藥指 끝에

꼭
싸매어 둔
상처

때문에

곱게
아물 때쯤

빨갛게 물드는
사랑이지요.

두향제문 杜香祭文

강선대降仙臺에
팥배나무 꽃잎
풀풀 날리면

꽃향기 가득 실은 나룻배 한 척
저, 혼자
가슴 울먹이고

나불나불 언디론가
흰나비 한 마리 건너가는
봄 강 모롱이에는

치맛자락
가볍게 적시는
무덤, 하나 있네요

저처럼
황홀한 스물여섯 해
하도 눈물겨워

차마 흔들어
깨우지 못할

저 곤한 오수午睡

꿈인 듯, 잠인 듯

오늘은
주박呪縛 풀린
봄 나무에서

방금
무명 한 필 풀어
천도薦度를 빌며

저 긴 남한강
붉게 타는 노을을
건져 올리고 있었습니다.

코스모스

저것 좀
보게나

황톳길
뽀오얀 흙먼지
꽁무니에 매달고

횡 하니
완행버스 지난
길녘에

하굣길 아이들
줄지어 서서
손 흔들고 있네요.

여섯째 돌

어머니 · 1

아!
친산親山에
눈 쌓이는가

오늘 밤
왜 이리

날 시퍼런 한기寒氣
이불 속을 파고드나

어머니 · 2

군불 빛 새는
부엌문 틈새로

달그락
달그락
저녁상 차리서던
뒷모습

간밤
꿈인지 생시인지

잠시 뵈온 듯도
아닌 듯도 한 것이
못내 서러워

날 다 새도록
배가 고파
잠을 이루지 못했습니다.

기우寓寄

-어머니께 바치는 譚詩曲

정월도 초하룻날 밤이라 했었지
먹장 풀린 하늘에서
앙괭이 몰래 맨발로 내려와

잠든 어린아이 신만 골라
제발에 맞춰 신고
가버린다 했던

해마다 찾아들던
떠돌이 붓 장수
귀엣말로 겁주던 얘기가
무서웠던 아이는

어머니 흰코고무신 속에
검정고무신 포개
뒤주 밑에 감춰 두고

문풍지 진저리 치던 날 밤을
눈까풀에 성냥개비 끼고
밤 새웠던 때가 언제였기에

오늘밤

어머님도 흰코고무신도 없는 객창客窓에
산죽山竹 일렁일 때마다
덩달아 실신해 버리는
저 청촉青燭은
누구의 불면인가

고백

간밤
머리맡에 밀어두고
잠이 든

눈물자국 얼룩진
엽서 속에

함박눈
소록소록 쌓이고요

네게로 가는 길엔
꽃씨 하나

남몰래 엎드려
싹이 트고 있지요.

귀뚜라미를 위한 소야곡小夜曲

잠귀도 밝구나
산山 바람에
문풍지 파르라니
자지러지기만 해도

울도
담도 없는
미친 네 그리움은
맨발로 울어대며

새밭 다 뒤엎어 놓고
새벽닭 잦추도록
이승 문 천리 안팎
들쑤셔 놓는구나.

*새밭 – 억새가 우거진 밭

무지개

누가 저리 서둘러
꽃가마 타고
꽃다리 건너가나

소나기 한 차례
자지러진 자갈밭 지나

어하 딸랑
어하 딸랑

요령소리 곡哭소리
앞서거니 뒤서거니

이승에서 저승으로
가로 놓인 꽃다리 건너

누가 저리 서둘러
꽃가마 타고
꽃다리 건너가나

세월

징검돌
하나 둘 세며

밑창이 다 닳은
구두를 신고

물 때 시퍼렇게 입은
징검다리 건너기엔

아!
세월이 너무
미끄럽습니다.

할미꽃

이팝꽃
하얀 꿈만 꾸어도
반에 반쯤 허기를 면했다 했던가

내 풀솜 할미
그 할미쯤 될까
은장도 다 닳도록
거덜나던 부황 든 산야

황토 먼지 풀썩풀썩 날리며
곯은 배 움켜잡고
넘던 고개, 그 고개
연명掖命의 보릿고개

그 너머쯤
풀덤불 속 헤치며
눈물자국, 지팡이자국
밟고 따라 가다보니

아! 양지바른 둔덕에
반백이 다 된
나의 절망을 보겠네

허기사, 예나 제나
무심해, 그래서
하늘이라 불렀음인지

비목碑木 하나 없는
저 무덤가에
혼백조차 하얗게 바랜

그여
늙어서 피는
저 역천逆天의 꽃
누가 좀 보시게나.

설중매雪中梅

한 사나흘
빈혈에 시달리던
하늘 탓인가

오늘밤
창밖을 분분하던
함박눈은

나! 생전을
붙잡고 흔들어도
깨닫지 못한 화두話頭
그 가닥 가닥에
혼절해 버리고요

내 젊은 날의
잡기장雜記帳 한켠에
눌러 앉아
뼛속까지 앓던
내 안의 화류병花柳病

그여
도지고 말려나 봅니다.

불망기 不忘記

간밤에
눈 내려
섭섭도 한 마을

밤마다 꿈길도
행간行間으로만 다녀가는
너의 발자국

오늘밤도
논둑길 지나
개울 건너서, 곧장
동구 밖 행길로 나섰더니

구미 버스정류장에서
한참을 서성인 듯 망설인 듯

자국눈도
발자국도
온데간데없습니다.

겨울바람 때문에

초저녁부터
밤새, 방 문고리 붙잡고선
설레발치며 불러대던
귀때기 시퍼런 얼음골 떼꾸러기가

늘 깔아 놓은 멍석판이라 하지만
아예, 못 들은 척
이불 뒤집어쓰고
잠이 들어 버렸더니

얼씨구
그놈의 못된
성깔머리, 제법
분통이 터졌던지

오늘 아침
뒤숭숭했던 꿈자리
털고 일어나
방문 열고 내다보니

세상에!
마당 이 구석 저 구석

온갖 잡동사니 바깥 살림
마구 내동댕이쳐 놓고선

행길 건너
얼음골 타고 감쪽같이
제비봉을 넘어가 버렸구나.

남한강아

쪽빛 하늘 반나절을
치맛자락 적시고 다녀가면
저녁노을 잠시 망설이다
산그리메 함께 골몰泪没하는
저 심지心志 깊은 나의 강이여

별빛 가래로 퍼붓는 날이면
은빛 비늘 번득이며
시퍼런 등지느러미 날을 세우고
승천을 꿈꾸는 한 마리
이무기로 둔갑하다가

치마 허리끈 길게 풀어
산자락 자락마다 끌어안고
두 무릎 쭉 펴면
눈부신 흰 무명 한 필
천리산야千理山野를 구비 돌아
젖과 꿀이 흐르는
내 어머니의 젖가슴이었다가

온갖 시름 뗏목에 실어 나르던
꽃 거리 하룻밤 정도 외상값도

수몰민이 숱한 한숨도 흘려 보내고
눈물도 범람하던 강이었다가

아득히 잃어버린 풍요風謠로
허드레 웃음 심산心散한 갈대숲에서
흰 손수건 한 장 흔들며
작별도 연습인 양 허세 부리던
내 회억回憶의 강이었다가

십년 세월, 이 퇴락한 마을에도
볕은 드나니
나 시방 꽃신 가지런히 벗어 놓고
맨발로 사유하는 나의 잔을
늘 넘치지도 마르지도 않게
밤낮을 갈마들거라
내 안에서 도도히 흐르는 강이어라.

화해 和解

석 달 가뭄에
괜스레 정을 금낸
귀농한 시우詩友에게

내 탓인 양
맨 얼굴론 미안해 전화 한 통화
못했더니만

천만 다행이
오늘 아침 장마 전주곡인 듯
양철 지붕 빗발치는 소리에
반가워 수화기를 들었더니

그 친구
언제 그랬었느냐는 듯
빗물에 흠뻑 젖은 목소리는

수화기 속은
금시, 개울을 이루어
쾰쾰 흘러내리고 있었습니다.

탁오대 濯吾臺

하필이면
진눈깨비 매섭게
볼따귀 후려치던 날에

아직도
날 무디지 않는
뼈마디 굵고 저 온중穩重한
퇴계의 필치 앞에서

나, 조심스레
가슴팍에 탁본해
두고 싶었습니다.

단양 단신短信

들국화 시월을 청람하는 산길을
장대 높이 든 아이들은
가을빛을 닮아갑니다

소이산 봉수대
무너진 이마 위로
하현달 떠오르면

이징가미 나뒹구는
이 강기슭
반쯤은 세상 등진 채
나직이 어둠속에 엎드리고 나면

꿈꾸듯 되살아나는
외등 하나 왼 밤을
기대고 사는 마을

밤 이슥토록
괘종시계 초침소리에
가슴팍 자박자박 밟히고
살면서도

그래도
나 아직
세상과 무관無關타 하겠는가?

연꽃은

멀리

까치놀
바라 뵈는

산문山門을
나서는데

등 뒤에 서서

두 손
가지런히 모으고

고개
나직이 숙인

저 비구니의
합장심合掌心이여

내 안에도
저 꽃 한 송이
피어 봤으면

단양에는

바지랑대 끝에
닿을 듯 말 듯
내려앉은 밤하늘에
별의 별 장 다 서지요

공연히 장이 서는 날이면
들불 돼는 아이들처럼 신명나
평계 지게 짊어지고 나서면

이 골목 저 뒷전 기웃거리며
꼬리긴 별의 별 소문까지
한보따리 사고지고

낮술에 약한 이 몸
평계 지게에 실려 오지만
그래!

밤이면 밤마다
별의 별 장 설 때마다
값싸게 동나버리는
이 내 장돌뱅이 신세여!

도담삼봉

이제쯤 너는 내 안에서
묵시로 깨어날 때라

물안개 스멀스멀
숨 가쁘게 발묵潑墨하는
새벽 강 저 건너 무루지無漏地여

내 어느 수명 다 하는 날
달과 별을 실은 거룻배 한 척
저 수묵화 속에 띄워
슬며시 건너가리니

청량산淸凉山 김생굴 아래
갓 핀 목필木筆 한 자루 꺾어
벼루에 먹물 진하게 갈아

'詩者天道'시자천도 네 글자
네 견고한 가슴팍에
화제畵題로 깊이 새겨 두리니

저 무욕無慾의 새벽하늘에
너는 쇠북종소리로 길이 남아

쩡 쩡 온 세상 돌림병처럼
울려 퍼지거라

도담상봉 너는
내 가슴에 새겨진
생전의 화두여라.

상선암 가는 길은

아!
단풍 한창이던 때
나, 상선암上仙岩 가던 길은
솜사탕처럼 부풀어 있었지

과수원집 표 씨
1.5톤 타이탄 얻어 타고
산굽이 조심스레 펴질 때마다

할아버지가 아끼시던 벽장 속
열두 폭 산수화 병풍
한 폭 한 폭
몰래 펴보던 그 기분 알지

정말 그랬지!
그 날

나뭇잎도 곱게 철들고 보면
꽃잎보다 더 화사한 것도

아직도 세상 밖은
살아볼만 한 것도

다 저녁
돌아오는 트럭 안은
노을에 젖고, 단풍에 물들어
벌겋게 달아올라 있었지

옥순봉 玉筍峰

초슬목, 저 눈발
얼마나 기막힌
발상의 전환인가

저처럼
나도 가끔
빗장 풀리는 날이면

눈뜨고
못 봐줄 세상사
한바탕
혁명을 모의하다, 말고

장회나루 건너
저 무루지無漏地
병풍 속으로 들어가

한 필
흰 무명천 걸치고
눈 내려 깔고 엎드려

아!

내 흉벽 파릇한

옥순玉筍 돋는 날까지
그냥
엎드려 살까 보다.

하선암下仙岩에서

길은 자꾸 산으로
숨어 들어가가

물은 연기를 따라
마을로 흐르자 하는데

저 불암佛岩과
꼬박 십 년 넘게
맞앉아 보아도

나 정년
무심無心이 불심佛心인지
불심이 무심인지

아직
내가 모르네.

고강 김준환 시선 「징검다리 건너」 하권

접시꽃 피는 마을

초 판 인 쇄   2018년 04월 13일
초 판 발 행   2018년 04월 16일

지 은 이   김준환
펴 낸 이   이혜숙
펴 낸 곳   신세림출판사
등 록 일   1991년 12월 24일 제2-1298호

04559 서울특별시 중구 창경궁로 6, 702호(충무로5가, 부성빌딩)
전   화   02-2264-1972
팩   스   02-2264-1973
E - m a i l   shinselim72@hanmail.net

정가 15,000원

ISBN 978-89-5800-198-0, 04810
ISBN 978-89-5800-196-6, 04810 (세트)

* 이 도서의 국립중앙도서관 출판예정도서목록(CIP)은 서지정보유통지
원시스템 홈페이지(http://seoji.nl.go.kr)와 국가자료공동목록시스템
(http://www.nl.go.kr/kolisnet)에서 이용하실 수 있습니다.
(CIP제어번호: CIP2018010740)